KB108404

그이에게
내 인생을
걸겠습니다

그이에게 내 인생을 걸겠습니다

발행일 2023년 5월 11일

지은이 김경환
펴낸이 손형국
펴낸곳 (주)북랩
편집인 선일영　편집 정두철, 배진용, 윤용민, 김부경, 김다빈
디자인 이현수, 김민하, 김영주, 안유경　제작 박기성, 황동현, 구성우, 배상진
마케팅 김회란, 박진관
출판등록 2004. 12. 1(제2012-000051호)
주소 서울특별시 금천구 가산디지털 1로 168, 우림라이온스밸리 B동 B113~114호, C동 B101호
홈페이지 www.book.co.kr
전화번호 (02)2026-5777　팩스 (02)2026-5747

ISBN 979-11-6836-877-4 03810 (종이책)　979-11-6836-878-1 05810 (전자책)

※ 본 책은 (재)부안군문화재단 후원으로 발간되었습니다.

西星 김경환
제9시집

그이에게 내 인생을 걸겠습니다

북랩

시인의 말

저는 전라북도 부안군에서 외동아들로 태어나 외롭게 벌써 32년 동안 살았습니다.

그러다 보니 날 사랑해주는 사람이 나한테 온다면 그이에게 내 인생을 걸겠다 그런 맘이 한 구석에 먹으면서 살아갑니다.

이젠 저에게도 배필을 만나야 할 나이가 되고 안정된 직장을 다녀도 저도 사람이라서 길 가는 연인들 보면 참 부러울 때가 많습니다.

가정환경도 부모 없이 조부모님 밑에서 살아서인지 저는 제 또래와 잘 어울리지 못하였습니다. 항상 웃어른들과 놀다 보니 제 또래에게 다가가기 힘들었고 또한 저보다 어린 동생들한테 다가가도 벽에 이야기하는 기분이 들 때가 많습니다.

어릴 때 가진 성격이 성인이 되어서도 변하지 않으니 사회생활 나가서도 저는 항상 직장 안이든 밖이든 종교 믿는 신앙인으로서 교회에 가서 웃어른들과 노는 바쁜 일상 보냈습니다.

근데…. 누군가 내가 말을 하면 들어 주고, 받아 주고 그런 사람이 나한테 온다면 기분이 어떨까요.

그이를 지금은 이곳에서 만났지만 인연이라면 돌고 돌아 또 만날 수 있으면, 그땐 그이한테 제 인생을 걸고 싶다는 생각이 지금도 들기도 합니다. 그런 이를 또 만날 수 없으니깐….

'그이에게 내 인생을 걸겠습니다' 원고를 쓰면서 그이는 나에겐 어떤 존재일지 매일매일 생각하고 뭘 줘도 아깝지 않은 이, 저는 매주 복권을 사도 그이한테 줄 복권까지 사다 줄 정도 더 가깝게 다가가고 싶어서 제가 지금도 몸부림을 치고 있습니다.

그이는 항상 뭐든지 열심히 하기에 남들한테 인정받고 그래서인지 전 교회 가면 항상 그이 위한 기도를 하게 되네요.

몇 개월 후엔 다른 곳에서 만날지 모르겠지만….
그래도 계속 그이 위해 기도하고 싶어요.

남들은 인생을 걸 정도는 아니라고 하지만 전 진심으로 제 인생을 걸 정도로 그이가 필요한 존재이기에 이 시집을 창작하면서 내 맘을 알아주길 바라는 마음으로 쓰게 되었습니다.

올해는 전 참 행복한 하루하루 보내고 있고 즐거운 삶을 살고 있으며 또한 제가 일하는 직장은 다른 곳이지만 부안군은 좁은 지역이어서 세상을 돌고 돌다 보면 반드시 그이는 또 다른 곳에서 만날 것입니다. 그럴 땐 그이나 저도 반갑게 인사하고 웃으면서 지난 이야기 하는 날이 되었으면 좋겠습니다. 나이 한 살 먹으니 외로움은 계속 더 쌓여 가는 내 인생 이야기를.

"사랑하는 것은 천국을 살짝 엿보는 것이다."

— 카렌 선드의 명언 —

차례

1부

2부

3부

4부

1부

그이에게 내 인생을 걸겠습니다

지금까지 살아오면서
내가 누군가 기대하고
누군가 위해서 내가
내가 할 수 있는 일 있다는 게
하루하루 그래서 행복합니다

그이에게 내 인생을 걸겠습니다.
그만큼 난 그이를 사랑하니까
그이만 보이는 내 마음이라서

내가 힘들 때 잠시 쉬는 시간에
저 하늘을 바라보면 그이의 얼굴

자기 전 주문처럼 외우는 나의 기도
오로지 그 이름 부르면서 잠드네

그이 바라만 보았을 뿐인데
내가 그이에게 대하는 행동이

점점이 더 하나 챙겨주는 내 모습

내 옛날 모습 어디 가고
새로운 내 모습 너무 어색하구나

내가 찾는 이성인가?
내가 찾는 나의 이상형인가?
내 자신에게 계속 물어본다

오늘도 그이 생각하며
내일도 그이 그리워하며

그이 위해 내 인생 걸겠습니다
복권 한 장 사러 가는 길에
그이 줄 복권 한 장도 같이 삽니다

당첨된 복권을 보며
즐거워하는 그이 보면
나도 기분이 좋을 것 같으니

지금도 그이 덕분에 행복하구려

도박

나는 지금 도박합니다
그이에게 거는 도박

그이를 그만큼 사랑하기에
그이와 같이 보내고 싶은 마음에
그이한테 투자합니다.

먹을 것이 있다면
그이에게 주고 싶고

지나가다 보이는 기념품
그이 줄 선물을 하나 사러 갑니다

나의 소원이 있다면
주말에 그이와 함께
즐거운 시간을 보내고 싶은데

그이와 함께 쓰는 돈은
나에게 도박하는 것이요

그 맘 과연 그이가 알았으면..
항상 그런 맘으로 오늘도
그이를 보러 갑니다

누군가 준 음료수 들고
나 마시러 준 음료수를
기꺼이 먹지도 않고
그이 주기 위해 챙겨 간다

그이는 항상 고생하는 모습
내 맘이 편하지 않지만

그래도 항상 그이에게
도박 거는 나에겐
그이 보는 자체가 힐링

내 머릿속엔 항상 그이의 이름
맴돌고 오늘도 그이 너무 보고 싶구려

밥 한 끼 먹읍시다

시간 날 때 난 항상
그이와 함께 식사를

오늘 그이 위해
밤 한 끼 대접하면
난 오늘 좋은 일만 있을 텐데

그이 좋아하는 음식을
같이 먹을 식사 약속 잡는다

한 달 월급 타는 날
통장에 돈 들어오는 것을

한 주 시작하는 날
이번 주엔 그이와 함께
점심엔 무엇을 먹을까
생각에 잠긴다

그이는 누가 뭐래도
뭘 해도 잘할 사람이니까

그이와 같이 보내는 자체가
난 너무 행복하고 하루가 즐거워라

점심을 파스타 먹으러 가세
점심을 돈가스 먹으러 가세
점심을 간단 찌개 먹으러 가세
그 자리엔 항상 그이와 같이 합니다

다음엔 그이와 함께 점심을
비싼 고기 먹으러 단둘이 가고 싶어라

난 그이를 볼 수 있다는 게
마냥 기분이 좋습니다.

그이와 또 누군가 같이
점심을 먹었던 지난날들

밥 먹으면서 부끄러워서
좋아서 어쩔 줄 모르겠구려

간병인이 되겠습니다

사랑하는 그이에게
일하다 쓰러지면
그 간병인은 제가 하겠습니다

그이 옆에만 있을 수 있다면
간병인이 되라 하면 될래요

그이만 보면 너무 좋고
그이만 보면 좋은 일만 있고

그이만 보면 난
어린아이처럼 신났고

그이만 보면요
없던 자신감이 넘친다

오늘도 그이 옆에
서성이지만 기분이 좋아라

내 몸이 힘들어도 괜찮소
내 맘이 지쳐도 괜찮소

나는 그이에게 인생 걸어도
아깝지 않은 사람이니까

그이에게 눈물 보이면
난 고난 받는 것처럼
고통스럽게 하루하루 보낸다

그이가 행복하면 나도 행복함이 있고
그이가 즐거워하면 나도 즐겁다

간병인이 되고자 한다면
자격증이 있다면 난 따겠습니다
그이 위해서라면…

가방 메고 간병인 자격증 배우러
학원에 등록하러 가는구려

자나 서나 당신만

자나 서나 당신만
오늘도 당신만 생각나고

내 할 일 하는데도
내 머릿속엔 오로지 그이만

그이는 지금 무엇을 하고 있을까
그이에게 무슨 일 없을까

오로지 그이만 걱정과 보고 싶은 맘
잠을 이루지 못하도록 맴도네

비가 오는 날에는
출근은 어떻게 할까
퇴근은 어떻게 할까

문자 한 통 남기면서
답장이 온다면 기분이 좋고

내일도 모레도 글피도
자나 서나 그이만 그립다

그이 때문에
나도 건강 챙기기 위해
오늘 아침부터 운동하러
시내 한 바퀴를 열심히 뛰는구려

사랑아

내가 사랑하는 의미
내 자신도 모른다

내가 왜 그이에게
더 잘해주고 싶은 마음

사랑아 사랑아
난 그이에게 어떻게
다가서면 그이도 좋아할까
항상 물어보고 싶은 내 맘

좀 더 같이 이야기를 하고
좀 더 같이 있으면 좋을 텐데
그것은 내가 그이를 사랑하는 것인가

보이지 않는다면 보고 싶고
보맨 내일은 더 기대가 되고

하루를 안 보면
내가 뭐가 안 될 것 같은 분위기
머릿속에 맴도니 그것이 진정 사랑인가

하지만 난 그이에게
하는 행동은 진심으로 사랑이요
그이에게 푹 빠져 있는 내 모습이구려

꿈속에 나온 당신

피곤해서 나도 모르게 잠이 들고
꿈속에서 저 멀리서 누군가 보인다

그이가 벤치에 앉아 있고
그 옆에 나는 앉아 있었는데
그이가 나에게 흰 봉투를 주고

그 봉투를 받지 않으려고 하는데
계속 내 손에 쥐어주는 그이는
웃으면서 그 자리 떠난 모습이 보인다

한참 있다가 그 봉투 안을 보니
상상하지 못한 수표로 1억이 들어 있었네

그 다음 주에 너무 피곤해서 누워있었는데
나도 모르게 잠들어 꿈나라에 갔더라

버스정류장에 버스를 기다리는 나에게
그이가 정류장 의자 앉아 있다가
내가 일어서려고 하는데 그이가
나를 부르더니 흰 봉투를 건네준다

그 봉투를 건네주는 그이는
말없이 마저 온 버스 타고
그 버스 정류장을 떠나버리는 그이

의자에 앉아서 그 봉투를 열어보니
이때도 1억이라는 수표가 들어 있더라
과연 이 꿈은 어떤 의미가 있는 것인가

하지만 1억 받은 것도 있지만
기분이 너무 좋았던 내 모습
그 이유는 그이가 내 꿈속에…

그 꿈꿨던 그 날은
기분이 너무 좋아서
행복하게 보냈던 그런 기억 남는구려

내가 투자하고 싶은 곳

내가 투자하고 싶은 곳
주식도 펀드가 아니라

바로 그이에게 투자하고 싶다
그이가 원하는 것을 한 없이
그이가 행복한다면 즐겁다면
기꺼이 직장 한 달 월급을 투자하리

여행 간다고 싶다면
그이에게 여행비 내줄 것이요

내 돈을 줘도 그이한테
아깝지 않은 존재이라서

솔직히 인생 살다 보면
내 돈 누군가 줘도 아까운 사람 있고
내 돈 누군가 줘도 아깝지 않은 사람 있는데

길거리 지나가다 보이는 기념품
한 시간 두 시간 그 기념품만 보는 내 모습

잘 사지 않는 내가
결국은 한 개씩은 사는구나

나는요 일하면서도
다음 달은 뭐 사줄까
그런 생각 하면서 한 달을 보낸다

나는 왠지 여동생 한 명 생긴 기분
지금도 그이 생각하며 일을 하는구려

좋은 이유

누군가 나한테 물어본다
좋은 이유가 뭐냐고

그이가 좋은 이유
저 자신도 모른다

이야기하다 보니
기대고 싶은 사람이라서
나이는 어려도 든든함

나의 가정 환경 때문인가
엄마 없이 살아오는 나에겐
그이가 어린 나이에도 엄마 같은 분위기

외동아들로 살아온 지 32년
동생 없는 나에겐
여동생 한명 생긴 기분이라서

좋은 이유 뭐냐면
사랑한다는 게 꼭 이유가
되물어 보고 싶다 이유가 필요할까

오늘도 그이를 볼 생각에
하루 시작하는 게 평암함이 넘치고
그냥 그이가 좋고 그이가 일하는 곳에
갈려니 내 발걸음이 가볍구려.

나만의 약속

항상 나만의 약속
그이에게 행복함 위해서
그이에게 즐거움 위해서
선사하기 위한 노력을

지나가다 보이는 복권 판매점
몇 장 산다 1등 된다면 그이에게
차 한 대 사주고 싶은 마음이 굴뚝

지나가다 편의점 들어가
동전 하나로 긁는 스피또를
제발… 큰 거 걸리는 마음으로

만 원 걸리면 그이에게 선물로 줍시다
큰 거 걸려도 그이에게 선물로 줄래요
나만의 약속 하며 동전으로 긁는다

누군가 뭘 줘도
아껴두다가 그에게
나만의 약속 그이와 함께
있을 동안에 잘해 주자 그런 맘을

하루 가면 다시 생각해보네
여전히 나만의 약속은
변함없이 진행형으로 가고
오로지 그이 위한 약속을
약속 이루어지길 바라는 마음으로
기도와 같이 시간 날 때 사러 가는구려

2부

그이 위해서

그이 위해서
같이 도와줄 일 있다면
기꺼이 도와주고 싶어요

그이가 힘드는 모습
내가 원치 않고 보기 싫어요

그이 위해서
작은 선물이라도
음료수 주면서 응원해 주는 맘

그이가 일하는 곳에서
있는 동안 인정받으며 지내길
항상 간절한 맘을 가지면서

내가 할 수 있는 것은
오로지 기도뿐이더라

그이는 어디서나 인정받을 사람

그이는 최고인 사람이라서

다른 곳이라도 최고가 될 수 있는 능력자

아직도 내 맘은 그이가 있는구려

한 주 시작하는 월요일

주말엔 그이 그리워하고
주말엔 그이가 너무 보고 싶고

그렇게 지나 하루가 지나간다
또 한 주 시작하는 월요일

나의 출근길 나서면서
그이는 어떻게 출근할까
근무를 잘하고 있을까

나의 직장 안에서는
내 머릿속엔 오로지 그이

오늘 퇴근한다면
다른 데에 들리지 않고
그이가 일하는 직장으로 간다

한 주 시작하는 월요일
사랑스런 그이를 보면요
한 주는 행복함이 넘칠 것 같은데

주말엔 뭐 했는지
안부 물어보면 이런저런 이야기
참 나는요 그이가 너무 좋은가 보는구려

저 먼저 얼른 퇴근하겠습니다

오늘 저 먼저 얼른
퇴근하겠습니다

그이 보러 갈게요
사랑하는 그이를
이야기하고 싶어서
내 주머니 속엔 먹을 것이
그이에게 주기 위해 가지고 다닌다

퇴근하면 바로 그이에게
손에 쥐어 주고 싶어서

행복한 그이 보니까
즐거워하는 그이 보니까
왠지 나도 하루를 멋있게 살아간다

내가 일하는 곳엔
내가 당직 서는 날엔
빨리 내일 오기만 기다리고

난 그이 때문에
웃고 울고 힘이 나더라

정상 퇴근 할 때면
당직 서고 다음 날엔
하루 종일 쉬는 날이어서
피곤해도 그이 보러 갑니다

그이 덕분에 살아가며
그이 덕분에 희망차게 사는구려

입에서 나온 말

내 입에서 나온 말
아름다운 그이 덕분에
나는요 사랑에 빠져서
오로지 석 자의 이름

입에서 나온 말에
누구와 이야기하다 보니
항상 그이의 대한 이야기

그이 잘 알지 못한 사람한테
나만 보면 그이 안부를 묻더라

항상 그이만 보이고
그이 이야기만 하는 날

이젠 말만 하다 보니
그이 이름이 항상 나온다

내 눈에는 그이를
남들 의식하든 말든지
남들 앞에 그이 칭찬파티

며칠 만에 보아도
전 주보다 살 빠져 보이고
너무 안쓰러워 보이는데

남들은 그렇게 안 보인다 그런 표정을
하지만 난 그이 보면 고생한 모습만
그만큼 난 그이를 사랑하는 것이구려

헌혈하러 갑니다

일 년 한 번씩은
시간 나면요 내가 가는 곳

내 혈액형이 그이에게
쓸 수 있다고 생각하며
헌혈하러 갑니다

헌혈증 모아 모아서
그이한테 무슨 일 생긴다면
피가 모자라면 기꺼이 내 것을

내 혈액형과 그이의 혈액형
맞지 않아도 더 좋은 마음으로
사회에 도움 줄 계기를 그이 통해

그이 덕분에
배려와 봉사를 배운다

그이 위해 뭐든지 하고 싶은 맘
뭘 해도 그이의 이익 생각하고
내년에도 내후년에도 헌혈하겠습니다

내 피는 그이에게
그이에게 무슨 일 생긴다면
언제든지 내 피를 줄 마음으로
아깝지 않기 때문이구려

기다리는 8월

한여름인데 불구하고
기다리는 8월입니다

난 여름을 싫어하는 계절
근데 그 하나 때문에
8월이 기다리며 나만의 구상까지

내 인생을 걸겠다는
그이의 생일이기에
그이에게 어떤 선물을
그런 구상까지 종이에 그림을 그린다

그이의 생일 때
큰 맘 먹고 그이의 직장
그이 위해서 간식거리 제공할까
이젠 몇 달 남지 않는 세월

그이에게 점심이라도
대접하고 싶은 8월
삼계탕 먹으며 몸보신을

더워도 그이 때문에
덥지 않게 보낼 것 같으니
그이의 생일이라도 나는요

8월이 행복하고 즐거워하는 내 모습은
지금도 그이가 너무 좋아하고
그이가 원하는 것이 있다면
지금도 열심히 내 일을 하면서 보내는구려

꽃 한 송이

지나가는 길에
보이는 꽃이 보며
꽃집에 들어가 사러 간다

무슨 이유 있는 것이 아니라
내 눈에 아름다운 장미가
내 지갑 멀어 그 장미를 산다

이쁘게 포장하면서
그 작은 종이에
사랑 고백을 쓰고 장미와 함께

그이에게 장미꽃 줄 생각을
왠지 기분이 업이 되고
한편으로 걱정 반이요

그이 볼 생각에
그 꽃 한 송이에 줄 생각에

그 꽃만 보아도 오로지 그이가
그이도 아름답고 꽃처럼 이쁘니
내가 그래서인지 그이한테

꽃 한 송이와 준 종이 보고
그이가 어떤 대답을 할는지
하지만 그이를 좋아하는 사람으로서
나도 좋은 하루를 보내는 것 같구려

아침 등산 그이와 함께

새벽에 눈이 뜨고
아침잠 많은 그이도
눈을 비비며 그이와 함께

손잡고 아침 등산 하며
오늘 하루 잘 풀기 바라는 맘

정상 꼭대기에서
소리치며 그이 이름을
그이는 내 이름을
외치는 그 날 왔으면 좋겠구나
메아리 들어오니 기분이 좋아라

내려오는 동안에
그이와 함께
힘든 내색 없이
웃으며 내려오는 아침 등산

건강 챙기고 우리 복도 챙기고
아침엔 피곤해도 그이 때문에
피곤도 사라지니 오늘 왠지 즐겁게…

사랑하는 그이여서
가까운 산 같이 올라가세
그날이 왔으면 좋겠네

내일 새벽에 그이를 만날 생각에
오늘 저녁이 행복함과 힐링 넘치는구려

차 한 잔

시간이 날 때
가보고 싶은 곳 있다

내가 여유 넘칠 때
느긋하게 보내고 싶은 곳

카페에 차 한 잔 시켜서
잠시 그이를 그리워하며
시간 잘 가고 내일이 온다

그이가 힘들 때
차 한 잔 마시면서
묵묵히 그 이야기 들어주고

나는요 오늘은 그이와 함께
차 한 잔 들고 산책로 걸어가세

그이에 대한 내가 본 눈빛
꿀 떨어질 듯 그이만 보고
집에 가니 내 손 있는 차 한 잔을
마시지 못한 채 오로지 그이만…

차 한잔하고 싶어서
간만에 그런 시간 자리 생겼는데
왠지 허무하게 보낸 하루였더라

차 한 잔보다 그이만 보이고
나는요 오늘도 그이와 차 한 잔 마시러
그이를 보러 가는구려

3부

나의 유언장

나의 변곡점이 생기면
복권 한 장 샀는데

아무런 느낌 없이 살다가
갑자기 내가 1등 당첨되어
심장마비로 죽게 된다면 유언장에

그 복권 1등 당첨금을
내가 사랑하는 그이에게
종이에 유언으로 남길 것이요

내 주머니 속엔
나의 유서 지참하고
오늘 하루 보낸다

매주 시간 날 때
행복함 간직하고 싶어서
복권 한 장 사며 유언장와 함께
내 몸에 지니고 있더라

내가 죽는 한 있어도
당첨금 딴 사람 줄 생각 없으니
오로지 그이에게만 유언장 종이에…

오늘도 내 몸에 유서 지니고
아직 유서 없더라도 쓴다면
여전히 그이 이름을 남길 것이구려

주말 나들이

한 주간 스트레스 받으며
어떻게 갔는지 기억도 안 난다.

주말이 다가오니
가끔 씁쓸함이 넘치네
나들이하면서 그이가
내 머릿속에 맴돌고 있고

내 소망이 있다면
멀리 살지 않는 그이
주말마다 밖에서 만나서
같이 놀고 같이 드라이브하며
그렇게 즐거운 주말 나들이를

주말 나들이 그 자리엔
그이와 보내면 지난 한 주
스트레스 받았던 기억 잊어버리고
오로지 행복만 가득 차게 보내는 주말

그런 날 언제 올까
주말 나들이 그이와 함께
곧 다가오는 한 주간 시작하리

그땐 그이와 좋은 시간을
기분 좋게 또 한 주를 가는구나

그이 때문에 그리울 줄 알고
그이 때문에 보고 싶어할 줄 알고
마냥 천국에 온 것처럼 보냅니다

지금은 그이만 보면
그리 사랑스럽게 보이는지
그이 뭘 해도 잘 되기를 바라는 맘

다음 주엔 그이와 단둘이
토요일 일요일 다 떠나서
멋진 주말을 그이와 영원히 보낼 것이구려

그이가 해 준 음식

세상에서 맛있는 음식
다른 사람이 해 준 음식은
내 입맛이 맞지 않는다

하지만 그이가 해준 음식
너무 맛있어서 황홀함에 빠진다

간단하게 해 준 음식을
그이가 해 준다면
난 얼마간 며칠 행복함이
어떤 음식 나올지 기대감 가지고

어디 같이 가면서
도시락 싸준 그이 덕분에
난 행복한 사람입니다.

그이가 날 위해
음식 해 주는 날이
언제 올까

사랑스런 그이와 함께
시간 보내면서 해 준 음식도
힐링 보내면서 해 준 건강 음료수를
아침에 보면서 보낸 시간들이
헤어지기 싫을 정도 아쉬운 남는 하루

항상 그이가 해 준 음식
나는요 그 음식 먹을 복 받을 남자
그이는 아름다운 여신 같은 이
사랑스런 그이의 손맛을 기다리고
그런 날 반드시 왔으면 좋겠구려

너의 곁으로

나는요 혼자 있기 싫어요
나는요 혼자 놀기 싫어요
나는요 혼자 먹고 싶지 않아요

항상 너의 곁으로 가고 싶다
그이와 같이 있고 싶고
그이와 같이 놀고 싶고
그이와 같이 먹으면서
내가 힘들 때마다 그이한테

그이와 함께
같이 활동을 한다면
내 일 뒤로하고
오로지 그이의 곁으로

항상 난 그이를 도와주고
항상 난 그이와 함께 봉사도 다니고
인생을 걸 만큼 나는요 후회하지 않는다

그이는 잊을 수 없는 존재이요
그이의 곁에서 있다면
희망찬 하루 보낼 텐테

나는요 그이 곁에 있다 보니
난 멋진 인생을 사는구려

건강

그이뿐만 아니라
그이를 사랑하는 나에게도
건강이 우선이고 건강이 최고

요즘 우리나라 사람들
건강 해치는 요인이 많아서
건강 위험해진다면 건강검진
건강하기 위해 내 몸 지키기 위해
노력을 꾸준히 하세

그이는 가장 젊은 나이
일을 열심히 하는 그이인데

가끔 사랑스런 그이를
보러 가면요 건강 해칠까
걱정 반으로 그이를 봅니다
가끔 두렵다 그이 건강 위해서

내 건강 때문에
영양제를 큰 맘 먹으며
돈을 몇 푼 더 주라도
그이의 영양제도 같이 사세

큰돈으로 산 영양제를 꾸준히
그이가 받는다면 부담스러워하겠지만
그이 건강 생각하면 받아줬으면…

그이도 건강하고 나도 건강하면
또다시 만날 때 얼마나 행복할까
웃으며 다시 보기를 바랄 뿐이구려

하소연

사람을 살다 보면요
불만도 있지만 스트레스 풀고
그런 날 오기를 바란다

그럴 때 항상 난 혼자가 되고
하소연할 때 마땅히 둘러봐도 없다

그런 그이의 하소연을
내가 들어주고 위로와 격려를
그이와 단둘 시간 보내면서
그런 남자로 남고 싶어라

이 세상 살다 보면요
힘들고 지치는 날도 있고

그럴 때 나는요 말없이
사랑스런 그이 옆에
내 어깨 내어 드리리

하소연할 사람이 있다면
말 안 해도 기분이 풀릴 것이요

나는요 오늘도 그이의 하소연을
풀어 주기 위해 보러 가는구려

손 한 번 잡고 싶어요

그이 항상 보면요
저 멀리서 보아도
왠지 기분이 좋습니다

주저 앉을 때
진심으로 손을 내밀며
그이의 손 한 번 잡고 싶어요

고운 손 가진 그이
부드러운 가진 그이
살며시 잡아 보고 싶어요

오늘 하루 고생했다는 의미로
오늘도 파이팅 하자는 의미로
말하지 않고 손만 잡으면서
잡지 않아도 하이파이브라도…

그렇게 든든한 그이의 빽으로
그렇게 듬직한 그이의 인맥
나는요 그이가 행복이 넘치기를

항상 기도로 하면서
위로와 격려해 주고 싶어라

그이 컨디션 안 좋으면
나는요 컨디션 안 좋은 기분
오로지 그이만 모르는 바보이구려

그이를 안아 보고 싶어요

그이를 안아보고 싶어요
내가 힘들 때 지칠 때
나의 위로와 격려 받고 싶은 사람

오로지 내가 생각하고
챙겨 주는 사랑스런 그이의 모습

그이의 품 안에서
항상 기대고 싶은 내 마음

오늘 하루 고생하는 그이에게
오늘도 파이팅 하자는 그이에게
나는요 말없이 안아 주면서
굳이 말 없는 위로와 격려를

스킨십 해 주고 싶은 내 맘
이성으로 다가가고 싶은 내 맘
항상 그이의 버팀목은 있다

뭘 해도 열심히 사는 그이
그 점에 나는요 너무 좋더라

내 품 안은 그이를
언제 내어 줄 용의가 있고

그이가 힘들어하는 모습
항상 원치 않는다
그이 때문에 그 있는 곳에
내 발길이 항상 가고 있구려

당신의 웃음 때문에

당신이 웃음 때문에
오늘 하루 행복함 있게

당신의 웃음 때문에
기분 안 좋은 기억은
다 잊어버리게 되네

나의 힐링 시간은
사랑스러운 그이의 웃음

한 주 시작하는 월요일
그이 모습 보면요 남은 한 주
좋은 일만 있을 것 같구나

항상 행복합니다
항상 즐거운 하루 보낸다

오늘도 그이를 보러 가세
이런 이야기 하다 보면서
그이의 웃음 때문에
집에 가는 길이 가볍구려

난 어떤 사람인가

난 어떤 사람인가
그이가 날 볼 때

과연 선후배로 볼까
아니면 이성으로 볼까

나는요 그이를 좋아하고
나는요 그이 덕분에
살아갈 의미 주는 사람이요

희망과 행복을
그이는 항상 주는 사람

난 어떤 사람인가
사랑하는 그이의 버팀묵
나무 같은 남자가 되고 싶어라

난 어떤 사람인가
그이의 도움 주고 싶은데

지금도 난 그이 대한 그리움
지금도 난 그이 대한 보고싶음
그 다음 날 빨리 왔으면…

또 사랑스런 그이를
볼 수 있기 때문이구려

4부

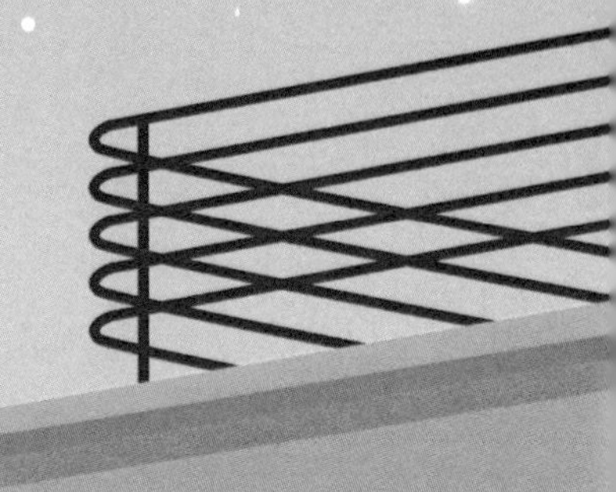

비밀번호

나의 비밀번호 숫자를
내가 쉽게 알 수 있는 번호

나의 비밀번호 숫자를
잊어버리기 싫어서
기억 남을 번호로 했다

은행 비밀번호는
휴대폰 보안 비밀번호는
로그인의 비밀번호는
오로지 그이의 생일로…

로그인의 비밀번호
영문과 숫자 또는 특수문자
다 그이와 연관된 것으로…

쉽게 잊어버리기 싫어서
내 주변에겐 말도 하지 않고
오로지 사랑스런 그이의 기억

인연이 된다면
그이를 기억 하기 위해
그이 생일 덕분에
아직 그이 기억 담는다

나는요 다른 비밀번호도
사랑스런 그이의 생일로
생일 땐 챙겨주고 싶어서
항상 기억 남고 내 가슴에

그래서 또 하나 비밀번호를
그이의 생일로 지정할 것이구려

술 같이 마시고 싶은 사람

고된 하루 보내는 날
저녁에 술을 마시고 싶은데

내 하소연 들어줄 사람
술 마시고 싶은 사람
바로 사랑하는 그이와 함께

술 한잔 두잔 마시며
같이 있고 싶은 내 맘

제정신으로 그이를
바라볼 수 없기에
부끄러워서 제대로 쳐다보지 못하네

같이 밥 먹으면서
그 자리 술 한 잔 마시고
그이와 이런저런 이야기를
내 맘을 전하는 날 오기만

지금 그이 보면요
나는요 그이와 같이 술 한 잔…

작은 소원이 뭐냐면
그이와 같이 술잔을
그런 날 왔으면 좋겠구려

연락하고 싶은 사람

그이 보고 싶어서
항상 그이 일하는 직장
잠시라도 보기 위해 간다

그이는 자기 일을
열심히 하는 모습 보니까
더 다르게 보이는 그이의 모습

그이한테 연락처 따서
항상 시간 날 때 연락하고
목소리 듣고 싶을 때
항상 연락하고 싶은 사람

안부나 물어보고 싶어서
문자 주면서 그런 시간을
연락하고 싶은 사람 중 한 명이요

하루 지난 저녁엔 자기 전
그이 목소리 듣기 위해서

점심 시간에 점심 먹고 난 후에
오전에 오후에 이야기하면서

주말에는 한 주간은
그이에게 위로와 격려
그이 목소리 들으면서
다음 한 주를 응원해 줄 사람

나는요 그이에게
좋은 남자로 남고 싶었구려

내 빈자리

내 옆이 허전합니다
내 옆이 씁쓸합니다

내 빈자리를
그이가 채워줬으면

내 빈자리는
그이였으면 좋겠다

기대고 싶은 그이
공원에 손잡고 구경하며
그 빈자리 그이에게

나이 어느 정도 먹었으니
점점 외로움 찾아오고
저녁엔 누굴 만날 사람 없더니

그런 내 빈자리는
큰 구멍 나는 것처럼
옆이 바람 들어온 기분이

그 기분을 없앨 사람
바로 오로지 그이뿐이요

내 빈자리 채워줄 그이
지금 보러 갑니다 그 생각만
행복함과 즐거움 넘치는 하루이구려

개봉하는 영화를

개봉하는 영화를
지나가다 보면 포스터로

개봉하는 영화를
인터넷보다 광고로 보고

개봉하는 영화를
텔레비전 나오면 광고로 봐오니

그 영화를 그이와 함께
재미있는 개봉 영화를
공포 있는 영화 스릴 있는 영화
그런 영화를 나 홀로 보지 않고

내가 항상 챙겨주는 그이
내가 진심으로 사랑하는 그이
같이 울고 웃고 기대며 영화를 보세

시간이 지나면 또 다른 새로운 개봉 영화
무슨 영화일까 그이와 함께

한 번쯤 그이에게
시간 나면 영화 같이 볼까
그 말 못한 바보 같은 내 모습

이젠 개봉한 영화를
같이 보자 말 한마디를
해보고 싶었구려

교육

내가 생각하고
챙겨 주고 싶은 그이

내가 뭘 하나라도
아깝지 않아서 주고 싶은 그이

그 직장 안에선
농업인들의 교육 보조 하는 일
자격 없는 나는요 그래도 그 교육

그이가 있기에
옆에서 교육을 받고 싶어라

이것도 만들어 보고
방도 만들고 그런 교육을
나도 받고 싶을 정도로
원래 교육 관심 없던 내가

내가 내 인생 걸 정도로
너무 좋은 그이가 보조하는 일
그래서 같이 있을 수 있는 자리라면
기꺼이 그 교육 같이 할 수 있으니

나는요 대상자 아니요
자격도 없는 나이지만

하지만 그 자리엔
내가 바라보는 그이가
마냥 옆에서 교육을 받고 싶은 내 맘
그이 모습을 가까이 볼 수 있기 때문이구려

조깅

그이와 함께
점심 먹으며 이야기를
점심 먹으러 갈 때
간단한 조깅으로 갑시다

시간이 나면
가까운 산책하며
조깅하고 싶은 그이

봄에는 내 눈앞이 아름다워라
그 아름다운 꽃 보러 그이와 함께
팔짱 끼며 그이와 조깅 한다면
나는요 세상에 다 가진 남자이라

그이의 건강 위해서
나의 건강 위하여
나 혼자 조깅 하는 것이 아니라

사랑하는 그이와 함께
좋아하는 그이와 함께
이런저런 이야기 하면서
시간이 가는 줄 모르는 조깅으로

항상 그이와 함께
지금도 조깅 같이 하고 싶어라

저 걸어가는 그이 보면요
나는요 하루 날아갈 것 같구려

나는 즐거운 하루 보냅니다

오늘따라 즐거운 하루
후회 없이 그이 덕분에
그래서인지 내 인생 걸 정도

내일도 모레도 하루는
힘들어도 그이 그리워하며
그이의 모습 회상하고
오늘도 또 하루가 지나간다

일주일 동안 그이 보면서
하루마다 행복함 얻어가고
하루마다 즐거움 잊지 않고

내가 항상 가는 직장 안
바로 사랑하고 찾는 그이
그이를 보러 내가 다녔던 전 직장으로

그이 위해서 복권 사고
복권 1등 된다면 그이의 선물
그런 생각 하며 한 주를 즐겁게…

새로운 삶을 그이 때문에
내일 그이는 또 어떤 모습일까

그이와 함께
어떤 이야기 하면서
하루 즐겁게 보낼 수 있을까

나는요 행복하니까 즐거우니까
나는요 그이 보고 난 후엔
항상 즐거운 하루 보내고 있구려

7000

오늘부터 인연이요

항상 저 멀리서
보기만 하였던 그이

말하면서 이런저런 이야기
안부는 잘 물어보면서
하지만 사랑 고백은 못 하네

내 진심으로 그이에게
당당하게 이야기할 것은
그이한테 언젠가는 말을 하겠지

그 직장 밖에서
우연히 그이를 본다면
항상 인사를 할 수 있을까

나는요 솔직히 그이를 볼 때
오늘부터 인연으로 시작이요
그이는 나의 나무입니다

그이 통하여 나의 기분은 업
하루 하루 지낼 때 그이 생각을
지금 그이 보고 싶어라

언젠가는 당당하게
그이에게 말할 날이 올까
이젠 그이에게 사랑한다고
그이 앞에 당당하게 고백하며
그이가 내 배필이 되어주면 좋을 텐데

선후배로 지내왔지만
이젠 내 맘을 전해 주려고
과연 받아줄까 진심이었으면 좋겠구려

나는 그이의 추천자

나는 그이의 추천자
그이는 큰 상 받아도
자격이 되는 그이여서

기초단체장의 표창장 받을 자격
그이를 반드시 내가 추천자로

배려심 많은 그이를
주어진 임무를 잘하는 그이를
남들도 잘한다고 칭찬도 가득함

그런 소리 내 귀에 들어오니
왠지 내가 기분이 더 좋더라

그이 웃으면서 착한 일을
그이 하는 행동은 좋은 일
말없이 보는 난 행복함 안고

누군가 그 직장 안에서
일을 잘하냐고 물어본다면
그이를 이야기 당당하게 말할래요

그이가 상을 받는 모습
왠지 기분이 좋아라

오늘도 그이 추천자로서
좋은 시간 그이와 함께
후회 없이 보낼 것이구려

내가 이제 그이를 찾았다

그이는 항상 어린 그이의 모습
그이는 항상 남들한테 인정받고
내가 이제 그이를 찾았다

그이 같은 사람은
비슷한 분이 있어도
그이 같은 사람은 본 적이 없네

딱 부러지게 할 일 하고
싹싹 하는 그이 모습을 보니
내가 오로지 의지하고 싶었던 그이

기대하고 싶은 그이
외롭게 지낸 나에겐
외동아들로 산 수모 벗을 기회

짧은 만남이라도
다시 보면 반갑게
그이가 맞아 줄까

나는요 이제 그이를 찾았다
그래서 더 다가가고 싶은데

내가 손을 내밀면 아름다운 그이
내 손을 잡아 주면 좋을 것 같은데

그이가 내 배필 된다면
나는요 세상 전부 가진 기분이요

그래서인 그이를 보면 볼수록
진심으로 그이에게 내 인생를
걸고 싶을 정도 그이를 잊지 못하네

오늘도 그이한테 뭐라도 해 주리
오늘도 그이한테 아깝지 않는구려

놀이동산

주말마다 가고 싶은 곳
휴가를 쓰게 된다면
휴가답게 가고 싶은 곳

바로 신나게 놀 수 있는 놀이동산
나이는 먹어도 어린아이처럼
그이와 함께 간다면 좋을 텐데…

놀이동산에 가기 위하여
그이와 함께 아침부터 저녁까지
떨어질 수 없고 같이 있을 수 있기에

버스 타고 기차 타고
식당에서 점심을 먹을 때
오로지 그이와 함께 하루를

놀이동산 가면서 자유시간 이용하며
그이와 함께 놀이동산 타면서
동물원에서 동물 보고 이런저런 시간을

그런 날 오면 얼마나 좋을까
그런 날 오면 그다음 날에 와도
기분 좋게 보낼 수 있을 것이요

나는요 그 이만 있다면
지쳐도 좋고요 힘들어도 괜찮아요

주말도 주말답게 그이와 함께
휴가도 휴가답게 그이와 함께
그이 앞엔 나는 어린아이가 되더라

누군가 사랑하게 된다면
어린아이가 된다는 이야기
틀린 이야기는 아닌 것 같구려

끌리는 그이

그이를 처음 만났을 때
전 직장에 놀러 가다
처음 보는 그이의 모습

나에겐 동생이 없어서인지
그이한테 친해지고 싶어서

무슨 말부터 했는지
기억이 나지 않을 정도
부끄럽게 쑥스럽게 간 기억

그이를 본 지 벌써 몇 달이 되니
이젠 내 마음도 모르게
그 이한 끌리는 내 맘이요

그이가 나의 배필이 된다면
난 행복한 사람이 될 것이고
난 이 세상을 즐겁게 보낼 것이요

그이는 나한테 든든한 빽이요
전 직장 놀러 가면서 솔직히…
그이를 보러 시간 날 때 가는구나

지금도 그이를 보면요
더 뭐라도 해 주고 싶은 마음
편의점 가든 어딜 가서 얻어온 간식
내 주머니 속으로 들어간다

그 이유는 나한테 항상 끌리는 그이
그 간식을 주고 싶어서 내 발걸음이 빨라지네

내가 힘들 때 지칠 때
기대고 싶은 사람이 내 이상형
바로 내 이상형은 이제 보니
지금 끌리는 나의 이상형은 그이더라

그래서 지금도 나는요
항상 그이에게 내 인생 걸어도
인연이 아니라도 후회하지 않을 것이구려